사막으로 가는 길

사막으로 가는 길

사막으로 가는 길

사막으로 가는 길

사막으로 가는 길

시아시인선 **014**

사막으로 가는 길

천윤식 시집

초판인쇄일 | 2021년 10월 25일
초판발행일 | 2021년 10월 30일

지은이 | 천윤식
펴낸이 | 김명수
펴낸곳 | 도서출판 시아북(詩芽Book)

출판등록 | 2018년 3월 30일
주소 | 대전광역시 동구 선화로214번길 21(3F)
전화 | (042) 254-9966, 226-9966
팩스 | (042) 221-3545
E-mail | daegyo9966@hanmailnet

값 10,000원

ISBN 979-11-91108-19-4

사막으로 가는 길

천윤식 시집

시아북
시아BOOK

공정과 상식이란 말,

누구나 쉽게 뱉지만
말과 다른 형태로
변절 된 이유를 찾으러
모래바람 날리는
사막으로 가는 중이다.

의외로 답은 가까이에 있었다.

간데 또 가고 간데 또 가고
반복적으로 써레질하는
아버지 모습에서 찾았다.

공정과 상식은 써레질이다.

티 없이 청명한
가을 하늘 닮은
시인이 되고 싶다.

2021년 초가을

천윤식

제2부

제3부

제4부

제1부

당신은 행복한 사람입니다

오늘도 수고 많았어요 하며
땀방울 닦아줄 사람 있다면
당신은 행복한 사람입니다

추운 겨울 언 손을 꼭 잡으며
옷깃을 여며줄 사람 있다면
당신은 행복한 사람입니다

구공탄 난로 위에 팔팔 끓는
보리차 한 잔 마실 수 있다면
당신은 행복한 사람입니다

지치고 힘들 때
힘내란 말 한마디 들을 수 있다면
당신은 행복한 사람입니다

해 질 녘 대숲으로 가는 참새처럼
밤이슬 피할 곳 있다면
당신은 행복한 사람입니다

벌초

바쁘게 살다 보니 일 년에 한번 깎아 드리는 묘소
마음만은 낫으로 정성껏 깎아 드리고 싶은데
벌초 대행업체에 부탁 하다 보니
여러 해 동안 그렇게 지나갔다

정년 하면 시간 내야지 했는데
벌초 때만 되면 뭔 이유로
주소록을 뒤져
대행업체로 전화를 건다

자동차 기름값 가지면 되는데
뭐하러 힘들게 가냐는 아내 잔소리
이게 내게만 해당하는 일인가

부모님 뵙고 온다는데
산소에 술 한잔 따르고 온다는데
생전의 모습 떠올려 보고 온다는데

자기중심적으로 살 때는 좋을지 몰라도

종말에는 후회하지 않을 자신 있는지 묻고 싶다

봄 마중

장독대 항아리 뚜껑 열어 두고
가위로 봄볕을 잘게 썰어
여기저기 뿌렸더니
겨우내 움츠렸던 고목에도
봉긋봉긋 기지개 켜며 봄이 옵니다

산기슭 묵정밭
냉이랑 달래랑
앞다투어 달려 나와
봄 향기 어서 오라며 날 부르네

시냇물 소리 정겹다
버들강아지 보숭보숭
풋가시내 명지 바람 따라
마실 나갈 때
아버지는 겨우내 묶었던
비료 망태기 둘러매고
보리밭 거름 주러 나가신다

진정이란

내가 힘들 때
위로의 말보다
가만히 안아 주고

내가 울고 있을 때
함께 눈물 흘려
울어주는 것이 진정이다

참사랑은 눈빛으로 전해지듯
진정이란 마음으로 전해지는 것

지금은 아무 말 하지 마세요
진정 나를 위로한다면

간월암 사철나무

사철 푸른 옷 두르고 사는 사철나무야
너는 정녕, 변하고 싶은 맘 없느냐
길을 걷다 힘들면 쉬어가고픈 게
당연한 건데
너는 늘 한결같으니 말이다

때론, 곱게 물든 단풍잎처럼
색동옷으로 갈아입고 싶으련만
어쩌면 너는
심통 한번 안 부리고
정갈한 옷매무새
한결같으니
부처님 가르침 몸소 보여주는구나

변함없는 간월암 사철나무처럼
내 마음 다잡아 수도자의 길 걷는다

낙엽 진자리

따스한 봄날 움 틔워

푸르게 푸르게 살다

통통 여무진 가을 오면

단풍잎 곱게 물들어

눈 하나 남겨두고

낙엽 진자리

보면 볼수록

기품있게 아름답다

송아지의 탄생

소의 어미 몸에서 철썩하고, 분리되는 순간 분신처럼
또 하나의 생명이 탄생하였다

어미는 출산의 고통을 잊은 채 송아지를 핥기 시작한다
본능적으로 콧구멍을 터주고
얼굴과 배꼽까지 쉬지 않고 핥아 어린 솜털을 말려
놓는다

보편적 근로자의 한 달 월급이 뱃속에서 나온 순간
촌로의 얼굴 주름이 환하게 펴진다

어미는 새끼에게 젖을 물려 준다
면발을 흡입하는 장정보다 젖 빠는 힘이 센 듯
입가에 거품을 북적이며
어디서 배웠는지 이마 들이 받이로 젖을 짜낸다
아마도 타고난 본성일 거다

요가 강사처럼 고개를 돌려
어미는 송아지 사타구니까지 핥아준다
이 또한 어미의 본성일 게다

영끝의 골목길

멀때 같이 키 큰 미루나무
수낭댕이에
까치 한 쌍이 날아들어
집을 짓는다

봄이면 청춘들도
저렇게 살고 싶어 할 텐데
생각하니 하늘이 빙 돈다

뭇 것들도 짝 만나
보금자리 얻는 자유를 가졌건만
청춘들에겐 구중궁궐도 아니고
둘이 발 뻗고 누울 자리
초가삼간 마련하겠다는데
여유치 않으니 어쩌나

피라미드 꼭대기
오르는 게 녹록지 않은 세상
봄바람 타고 훈풍 불어오면

오를 수 있을까

별이 반짝이는 골목 계단을 오르고 있다

낙숫물

해가 지자 금방 냉기가 돌아 낙숫물 굳어져
거꾸로 매달려 고드름 된다
똑바로 서는 게 원칙이라면
뒤집혀 살아야 하는 업보는 왜 내게로 온 걸까

처마 밑에 매달린 형제들
누가 먼저랄 것도 없이
이 밤이 새면 애당초 가기로 한
길 가리라 다짐하며 밤을 지새운다

기다리던 해가 밝아오고 있었다
떠날 준비하느라 부산해진 처마 밑

동네 꼬마가 긴 장대로 처마 밑을 훑는다
몸뚱아리는 땅으로 떨어져 산산조각이 나고
꼬마는 아쉬운 듯 파편을 발로 차버린다

똑바로 서 있다는 게 얼마나 소중한지 알았다
꿈틀대는 용도 거꾸로는 못 오르는 법
낙숫물도 거꾸로 살지 말아야 하는 이유다

공중[*]했나 싶다

예전부터 석 달 열흘 가뭄에도
하루만 참아달라고 했다는데
남 생각 안 하고 내 생각만 하고
말을 내뱉고 보니 공중 했나 싶다

논이 타들어 가 비 오기 기다리던 차
갑자기 소나기 퍼붓길래
논물 댈 생각으로
'억수같이 내려라
다 떠내려가도 좋다' 큰소리로 말했네

참깨 털던 할머니가 빤히 바라보며
'뭔 억하심정이 있어서
다 떠내려가라 해
우라질 심보도'하며 노여워한다

물 묻은 바가지 깨 들러붙듯 한다더니
정말 빈틈없이 들러붙는다
말도 빈틈을 주면 안 된다

26

한마디 말에 상처 입기도 하고
깨소금 같은 말 한마디는 위안을 주기도 한다

* 속 없는 내뱉는 말

울 할아버지

소리 없이 울음을 터트린 하늘 암흑의 시대에서 봄으로 가는 길목엔 연극처럼 날은 밝아오고 있었다

때맞춰 내리는 빗물은 새싹을 움트게 하리라

할아버지의 아버지는 시전지물 다 소진하고 일찍 세상 떠나 홀어머니 밑에서 동생과 근근이 살다 애기지게 짊어질 만할 때부터 일하느라 서당 문턱도 못 가봐서 글도 모르는 분이지만 충장공 천만리 장군의 후손 서산 입향조의 장손으로서 조상님 얼굴에 먹칠할 수 없다고 왜놈의 집요한 회유와 협박에도 창씨개명을 하지 않으셨다

목숨 바쳐 독립운동하신 분들에 비할 바 아니지만 굴복하지 않으려 지독한 일제 치하를 참아내셨다

임진왜란부터 정유재란 동안 왜적을 끝까지 물리치고 조선으로 귀화한 장군 사후에는 창덕궁 대보단에 모셔진 그 후손이 어떻게 일본 앞에 무릎을 꿇을 수 있단

말인가 잿풀을 적게 했다는 핑계로 작대기로 등짝을
맞아도 술을 빚었다는 누명을 썼을 때도 울 할아버지는
당당했다

모두가 조선은 끝났다고 할 때도 할아버지는 의지를
굽히지 않으셨다 조선의 명예와 가문을 지켜야만 언젠
가는 자유를 얻을 수 있다고 일자무식 울 할아버지 정말
일자무식

아메리카노

언제부턴가 내 곁으로 다가온
친구 같은 존재
홀로 창가에 앉아
아련한 추억 마시게 해주는
재주를 가진 아메리카노

밤하늘 별 보며
둘이 마주 앉아
진한 커피 향 같은 우정
커피를 마시며 깊어진다

오늘도 소소한 일상을 끝내고
혼자 있는 저녁
나를 위해 커피 타면서
하루를 마무리한다

주인 잃은 삼간옴팡

터를 닦아 주춧돌 놓고
기둥 세워 사개를 맞추고
도리 끼워 대들보를 얹는다

서까래를 걸쳐 산자 깔아놓고
수장 끼워 외를 엮은 다음
天壁과 바람벽에 初壁 바르면
대충 삼간옴팡 윤곽이 드러난다

부엌 바닥을 파내 주저앉혀
부뚜막과 고래를 만든 다음
구들장에 흙을 맥질하면
다섯 식구 누울만한 삼간옴팡

행복한 시절은 가고
주인 잃은 바람벽 시나브로 무너져
갈비뼈 드러낸 부엌에는
그을음만 그네를 탄다

꽹과리

낫 놓고 ㄱ자도 모르는 일만이가 징용에 끌려가던 날
꽹과리는 혼자 방구석에 내동댕이쳐졌다
일본에서 온갖 고쳐 겪을 때마다
내가 일만인데 일만 번 참으면 된다
어떤 어려움도 나를 주저앉히질 못한다
군함도에서 그를 지켜준 건
고향 방구석에 매달아둔 꽹과리였다
빈손으로 채를 잡아 허공 가르며 꽹과리를 쳤다
쟁쟁쟁 쟁가쟁가 쟁쟁
일만 번 치다
마침내 고향으로 돌아오는 배에 올랐다
손에 쥔 것은 허공을 가르며 치던 빈손 꽹과리
집에 도착하자마자 꽹과리를 찾았다
배고픈 줄 모르고 밤새도록 꽹과리를 쳤다
그의 손은 누구도 흉내 내지 못하는 신명과 혼이
손 아귀에 있었다
쟁가쟁가 쟁쟁쟁 쟁가쟁가 쟁쟁 쟁쟁
한민족의 힘이 흐르는 징 꽹과리 소리
오늘도 귓전에 울려 퍼지는 소리

홍이 절로 나는 소리
꽹과리 소리 난다
하늘과 땅을 하나로 묶는 재주를 가졌다

빨래터

동네 개울가 빨래터
빨랫감만 가져오는 것이 아니고
동네 소문도 함께 이고 왔다

시집살이 푸념에
술주정뱅이 서방 적삼 빨 때는
방망이 소리 더 커진다

여의도 증권가 빨래터
밤낮 안 가리고
방망이 두들기는 소리보다
더 큰 생사의 외침이 있다

전국 방방곡곡
전파 타고 떠도는 소리

박사방이 어떻다느니
진실을 밝히느라 바지 내렸다느니
허풍만 안 떨어도 좋으련만

하루가 멀다고 쉰 소리만 하니
탈수기 아니라 건조기를 들여놔도
빨래가 마르질 않는다

빨래터에서는 소문이 부풀려지긴 했어도
대놓고 거짓말은 안 했지

수도꼭지 물은 잠그면 멈추지만
구설은 부풀어
주인 잃은 열기구로
허공을 둥둥 떠다닌다

요양원 졸업식

입학은 쉬우나
졸업하기가 하늘의 별 따기보다 어려운 곳
죽어야 졸업할 수 있는 곳

들어갈 때와 나올 때 문은 같아도
졸업장 없이 빈 몸으로 나와야 하는 역
죽음이 졸업 되어 눈물바다 범벅이 되는 길

자의적일까
타의적일까

이승도 아닌
저승도 아닌
현실의 침대에 누워
시간만 삭제한다면 너무 슬프지 않은가

저승 열차표 끊어 놓고
기약 없는 기차를 기다리는 당신

예약으로 멀어지는 삶의 굴레
예약으로 다가오는 하늘 여행길
먼저 보냅니다, 안녕히 가십시오

이생에 태어나 바람이 있다면
졸업 없는 입학생 되어
아름답게 이별하는 것, 소망이다

써레질

모내기하기 위해 써레질한다
지난날 아버지는 써레를 들었다 놨다 하며

간데 또 갈고
간데 또 갈고

꼼꼼히도 써레질하는 건
평탄해야 논물이 고루 가둬지기 때문이라고 하셨다

평평하게 하려고
써레질에 정성을 들였던 아버지

출발점이 같아지려면
고루 다독여야 한다고

평등한 세상도 골고루 나누는
노나메기 정신에서 나오는 법이라고

아버지는 힘든 줄 모르고
써레질만큼은 빈틈없이 해내셨다

아버지 닮은 내가
모 내고 논둑길 걷는다

간데 또 가고
간데 또 가고

속내를 들킬까 봐

바쁘게 달려온 여정 속
내 몸속 잔 고장 없을 리 없다

겉보기엔 멀쩡한 장마철 참외도
속이 곪아 썩은 것처럼
세월 앞에 장사 없다

건강검진 순서대로
채혈과 기초검사 마치고
심장을 관통하는 X선 촬영

뱃속을 들여다봐야 할 차례
지렁이 닮은 내시경 줄
목구멍으로 꾸역꾸역 넘기는데
까딱했으면 오줌 지릴 뻔

구릿대질*할 때 고래는 구역질을 얼마나 했을까
구리질하고 나면 방이 따뜻해졌지
내 배속도 따뜻해졌으면

검진받느라 방사선으로 스캔 당했지
내시경으로 목구멍부터 뱃속까지 들여다봤으니
속내까지 들키면 어쩌나

엊그제 친구하고 막걸리 마실 때
술값 계산을 피하려고 능청 떨었는데
그것도 검진표에 적어 보내면 어쩌나

* 방고래 구들장 그을음을 청소하는 도구

껌딱지도 할 말 있어요

허리를 굽혀 타일에 달라붙은
껌딱지 떼는 그녀가 할 말이 있답니다

껌아,
얄밉게 찰싹 붙는 성질머리 어디서 배웠니?
누구 입에서 질겅질겅 씹혀가며
단물 다 뺏기고
내팽개쳐진 처지에 허리 굽히게 하니?

바닥에 달라붙은 껌딱지도 할 말 있어요
구둣발에 뭉개진 나 같은 껌딱지도
누군가의 일당을 위해 존재하는 거거든요

평생 호강시켜준다고 쫓아다니던
옆집 오빠 떼어낼 때가 좋았다네요

고르고 골라 삼베라더니
나는 지금도 주정뱅이 껌딱지를 떼어내느라
머리에 스카프를 질끈 동여매고 악착같이 산다네요

불가근 불가원

너와 나 사이에도
너무 가까우면 덤덤하다
멀리 떨어지면 그리워지듯

나무와 나무 사이
너무 가까우면 호양호양 키만 크고
너무 멀면 가지를 뻗어 맞잡으려 해도
닿지 않아 손 잡을 수 없어
서로를 위해서라면
정당한 거리가 필요해

너무 가까워 섞이다 보면
내 것 네 것 구분이 안돼
상처만 부여잡고 후회할지 몰라
곰팡 피기 전 틈새 만들어
바람이 지나갈 길 내고 살자
나와 너 사이에도 그런 틈새 두고 살자

제2부

바람같이 물같이

인생을 사랑하려면
자연을 사랑하라 하네

꽃이 예쁘거들랑
벌 나비를 사랑하라 하네

내일을 위해
오늘 잘 살라 하네

덧없는 인생
바람같이 물같이 흘러가라 하네

저 산이 푸르른 건
숲이라는 울타리가 있어서라네

인생도 푸르게 살라치면
사랑에 울타리 만들라 하네

노랑이 먼저 웃었다

생강나무, 산수유, 수선화, 개나리
목련이 목을 쭉 빼고 미소를 슬그머니 짓자
할미꽃도 수줍게 고개 숙인 채 웃는다

잎사귀보다 꽃이 먼저라지
매화는 일찌감치 열매를 맺고
꽃 피기를 기다린다

삼월이 가고 오월이 오면
지천으로 필 들꽃들이
우리를 웃게 할 거다

처음보다
나중에

직선

직선은 곧게 갈 수 있어 빠르다지만

절벽을 맞닥뜨리면 나아갈 수 없지

부드러운 곡선은 돌아갈 길이 있어

절벽 너머로 갈 수 있는 곡선

그래서 난 직선보다 곡선을 사랑해

곡선은 부드럽거든

보기엔 분명 꽃인데

어린 시절 읍내 장터 뒤편
웅장한 천막집 만들어지고
시장 골목마다 아이 목말 태워
동춘서커스 선전하고 나면
오일장 아니어도 입소문 타고
어른, 아이 할 것 없이 벌떼처럼 몰려들어
무성영화 변사처럼 구수한 입담
관객을 들었다 놨다 했다

그 시절 볼거리 쇼는 서커스가 최고였고
단원들의 기예는 과히 최고였는데
그중에 그네타기는 간담을 서늘케 하는 엔딩 묘기
피에로는 실수하는 척 모두를 감동하게 했다

얼마 전 대부도 공연장 갔을 때 보았던 묘기는
보기엔 분명 꽃인데 향기 없는 화려함 뿐
아직 여물지 않은 저 여린 몸짓에 보내는
배고픈 양 애절한 저 갈채는
손뼉을 치려다 그만 두 손으로 눈물을 훔치고 말았다

그냥 오는 사랑

봄은 왜 오냐고
묻지 마라
때가 되면 오는 거란다

네 곁으로 가고파서
그래서 오는 거란다

사랑하는데
이유가 필요한가요
그냥 사랑하면 되지

사랑은 그냥
그렇게 오는 거라고요

간 보기

아내는 김치를 담을 때마다 으레
여보 간 좀 봐 줘 하며
양념 묻은 손으로 김치를 입에 넣어준다

짜지도 않은 게 싱겁지도 않은
적당히 간이 맞아야 맛있는 김치처럼
사람 관계 역시 간이 맞아야 한다

살다 보면 내 입맛에 맞는 것보다
짠맛이 더 많은 세상 간 보기가
쉬운 게 아니지만
오늘도 내가 간을 맞추며 산다

종이컵의 떨림

일회용품의 맏아들 격인
한번 쓰면 버려지는 종이컵
집으로 가져와 연필을 꽂아 두었다

종이컵은 내가 연필을 꺼낼 때마다
버려지는 줄 알고 부르르 떤다

아쉬울 때 사용하고
쓰고 나면 버려지는 그 심정
내가 겪어봐서 안단다

소변 금지

전봇대 쓰여있는 글씨

'소변 금지'

동네 똥개들이 영역 표시하느라

찔끔 싸고 가는 전봇대 옆구리

지린내 가시기도 전에

주막에서 나온 사내

바지를 쑥 내리고

영역 표시를 한다

전깃줄에 앉아있는 참새 짹짹

그래봤자 똥개 밖에 더 되나

술 취한 사내는 듣는 둥 마는 둥

주막으로 쏙 들어가 버린다

금지를 金池로 아는지

가려지는 것 같지만 가려지지 않는

오독이 머무르게 되는 경계선

실뿌리

그늘 만들어줘 시원하다며
나무에게 고맙다 하지만
거목이 되기까지
눈에 보이지 않는
땅속 깊숙이 자양분 빨아들여
가지와 잎을 먹이는 건
실뿌리가 있어 가능한 일이다

나무에만 실뿌리가 있나
세상 모든 곳에는
드러내지 않고 밑바닥에서
묵묵히 일하는 실뿌리 같은 사람들 있어
세상이 돌아가는 거다

실뿌리에 병이 들면
화려했던 꽃잎도
금방 시든다는 사실
한시도 잊어버리면 안 된다

이동 슈퍼

외진 곳만 찾아가는 이동슈퍼
포터 트럭에서 흘러나오는 소리

"서귀포 은갈치가 왔어요"

산골짜기 울려 퍼지는 소리를 듣고
삼삼오오 모여드는 할머니
지난번 주문한 물건 챙기고 나면
바다 냄새 부두에 온 것 같아
지팡이가 먼저 생선 앞으로 간다
노르웨이산 고등어
제주산 은갈치는 산골짜기에서 최고의 대우를 받는다
순식간에 바다가 된 산골짜기
싱싱한 은비늘 산마루에 걸린다

의미

개똥아
잘 먹고 잘 살아라 했는데

너나
잘 먹고 잘살아라 한다

나는
진심이었다

농부의 걱정

농사를 지으면 풍년이 들었다는 것은 농사를 잘 지은 것인데 농산물값은 되려 떨어진다 풍년 들면 거두어들이기만 힘들지 흉년 들면 값이 오르니 차라리 흉년 들라 한다

농사를 아무리 잘 지으면 뭐 하나
얼치기 농사가 오히려 좋을 때 있으니

농사 짓는 게 남 보기엔
세상 편해 보여

할 거 없으면 시골 가서
농사나 지으라 하는데

풍년 들어도 걱정
흉년 들어도 걱정

시골 농부는 하루도 걱정 떠날 날 없다

미리 안녕

나 만난 죄로
활짝 피지 못하고
곁에 있는 사람아

나 죽거든 울지마라

지긋지긋하게
속만 태웠으니
마음 편하게 살아나보게

경로당 가는 길

젊어서는 달밤이면 달과 동행했고
그믐에는 별과 속삭이며 가던 길

젊어서 마실이 최고라면
나이 들어서는 어두운 밤길 보다
환한 대낮에 가는 경로당 마실이 최고지

매일 봐도 또 보고 싶은 동반자들
몇 번이나 더 보게 될지 몰라
오늘도 실버카 밀고 경로당으로 간다

마실 가는 걸음걸이
젊으나 늙으나 사뿐사뿐 가벼운데
성큼성큼 다가서는 가을 앞에
그곳으로 가는 길은 점점 더 멀어져 간다

오늘은 휘감는 안개가 그립다

해루질 갔다가 휘감기는 안개 속에 갇혀
빈손으로 온 적 있다
오늘 같은 날은 휘감는 안개가 그립다
오늘만큼은 네가 아무것도 안 보이게
휘감아 주었으면 좋으련만
잠시 고요 속에 잠들어
듣지도 보지도 말고
그 속에 머물고 싶은 날이다
이편저편 할 것 없이
오늘은 안개 속에 묻어두고 싶은 날
때가 되면 모든 게 드러날 텐데
저물녘도 아닌 대낮에
다시 못 올 북망산천으로 갔으니
하늘도 슬퍼하여 온종일 부슬비 내린다

양파

겨우 열두 겹 인생인데
까도 까도 속없다는 말
듣고 보니 살짝 억울해진다
겉 다르고 속 다른 게 문제지
하얀 속살 열두 겹
한결같은 양파 속만 같아지라고 해
청백리가 따로 있나
둥글둥글해서 모난 데 없는
마음이면 좋은 거지
근데 이놈을 까다 보면
눈물 콧물 다 빼야 해
누구나 한 가지 성깔은 있거든
하지만 볶아먹고 날로 먹으면
달콤한 맛이 참 좋아
양파는 양파일 뿐이야
양파를 양兩 파 만들지 마라

줄

어느 행성에서 불꽃이 일면서 탯줄이 끊어지는 순간
별 하나가 명줄을 쥐고 태어나 그렇게 생의 줄이 시작되
고 그 후로 명줄을 잇기 위해 바삐 움직여 어디를 가든 줄
을 서서 그 줄을 놓치지 않으려고 안간힘 다해 살았다

모든 게 다 줄을 잡고 사는 법 우주를 연결하는 에너
지가 빛이라면 줄을 잇는 것 또한 빛이겠지 비 내리면
땅에 뻗어있던 뿌리로 연결되고 뿌리는 나뭇잎을 통하
여 하늘로 연결하듯 탯줄 끊은 후로 허공을 더듬어 보이
지 않는 줄 놓지 않으려 밤잠 줄여가며 살았다

파리에 갔을 때 에펠탑 전망대를 오르기 위해 공원 광
장에 늘어선 긴 줄 명줄 잡는 일도 아닌데 길게 늘어서서
기다리는 게 힘들 법도 한데 활짝 핀 꽃 위를 나는 나비
같이 가벼워 보여 가만히 생각하니 명줄보다 질긴 줄이
또 있나 싶었다

서울 탑골공원에도 긴 줄이 늘어서긴 마찬가지인데,
삐쩍 마른 목둣개비 금방이라도 불붙을 것 같아 조심조

심하는데 바람이 먼저 알아채고 쭈그러진 뱃가죽을 보듬어주고 지나간다

두 줄을 엮어 놓으면 탱탱한 긴장감이 사라질까 해서 당기려는데 툭 끊어지는 소리에 놀란 멧비둘기 산으로 날아가네 씨줄과 날실도 아니고 명줄 늘리는 재주가 세상천지 어디 있겠나 애당초 안 되는 일이었다

한랭전선이 한반도를 점령한 혹한에 탑골공원 마당에 늘어선 긴 줄 아랑곳하지 않고 여전히 꼬리를 물고 늘어선 모진 이 줄 언제 끊어내야 할지 물어봐도 대답하는 이 없다

징검다리

징검다리는
비보호
직진 구간

상대편에서
건너오면
멈춤 신호로 변한다

징검다리는
이쪽과 저쪽을
연결하는 다리

큰 물살에
하나만 떠내려가도
이 빠진
톱니바퀴가 된다

서로를 연결하는
디딤돌이라면

징검다리 돌 되어
등 짝 내 줄만 하다

한가지 소원

신이 나에게 한 가지 권한을 준다면
부자가 되는 것도 아니요
불로초를 먹는 것도 아니요
오직 한가지 하고 싶은 일
분단된 민족의 길 트는 것
백두산과 한라산 서로 마주 잡는 물꼬 터
백록담과 천지 물을 합수한다면
동해와 서해도 덩실덩실 춤출 거야
백두까지 닦은 길을
내 심장이 뛰는 날까지
몇 번이고 오가면서
낮에는 태양을 보다가
밤에는 별 보며
비 오는 날엔 비
눈 오는 날엔 눈
바람이 세게 불면 세게 부는대로
바람이 잦아들면 잦아드는 대로
물 흐르듯 그렇게
위아래가 완전히 끊어진 건 아니다

뼈에 금이 간 것이지 몸체는 그대로잖아
부러진 뼈대만 이어지면 몸은 저절로 치유된다
내 오직 한 가지 소원이라면
백두까지 길을 닦아
누구나 자유롭게
그 길 밟으며 대륙으로 뻗어 나갔으면

형제의 별

시오리 길을 걸어간 형제

서산 성연중학교 교문까지는 손잡고 들어갔다

교복 입은 동생은 입학생 자리로

나는 학부형 자리로

우리는 빛나는 별처럼 살기 위해 각자의 자리로 갔다

연필 대신 내 손에는 언제나 낫과 삽이 쥐어졌다

시커멓게 그을린 손아귀에 굳은살이 생길 때마다

연필 쥔 동생 손엔 별이 박히고 있었다

서로의 굳은살이 단단해지면 단단해질수록

어둠 속 별은 더욱 영롱하게 빛나기 시작했다

제3부

당신의 손맛

새싹이 돋아나자마자
배추흰나비 날아오더니
배춧잎에 알을 낳고
천연스레 춤추며 날아간다

벌레가 구멍을 숭숭 뚫어도
아랑곳하지 않고
한 장 한 장 추켜올려
노란 꿈으로 속을 꽉 채우는 배추

김장하기 좋은 어느 날
김칫독에 차곡차곡 담긴 배추
맛깔나게 발효된다면
아삭아삭 담백한 맛에 반하리라

생각만 해도 군침 도는
당신의 손맛
변하면 안 돼요

묵향이 번지다

내포에는 마음으로 붓을 쥐는 사람이 있다

힘을 한곳으로 모아 획을 긋는다

묵향 채운 여백

부드러운 춤사위

학다리 기우뚱하다 일어나고

끊어질 듯 이어진 힘의 조화

묵향으로 그려낸

한글의 미학을

수암산 기슭에서 만나고 간다

유유자적

시골집 앞마당
정겹게 흐르는 시냇물
저 물도
흘러가다 보면
강물 되어 도도히
흘러갈 거다

하나둘 합쳐
점점 커가는 이치는
별반 다르지 않아
시냇물이 강 되고
강물은 바다 되는 것처럼
인생도 흘러 흘러
하늘나라 가게 되면 그 뿐

소꿉친구

코흘리개 사내애와 옆집 사는 여자애
언제나 같이 소꿉놀이를 하며 놀았다

여자애는 신랑, 나는 각시
여자애가 시키는 대로 밥하는 일은 내 몫
소꿉놀이에 싫증 나면 개울가로 헤엄치러 갔다

홀라당 다 벗고 낄낄대며 놀던 납작부랄
어느 순간부터 콧방울 벌렁거리며 씩씩대더니
그 후로는 같이 헤엄친 기억이 없다

나이 들어 초등학교 동창회에서 그 애를 보았다
보자마자 넌 내 각시였어
너하고 나하고 볼 거 다 본 사이지
네 궁둥이 오른쪽 몽고점 지금도 있니? 묻는다

볼 거 다 보고 자란 소꿉친구
못할 말도 아니지
나이 들면 고향이 그립고

그 시절 생각나

허물없었던 그때로 돌아가고 싶어진다

가을장마

벼 이삭 꼿꼿한 들에 비가 온다

상처 없이 되는 일이 있으랴만

벼꽃 피는데 장마가 웬 말이냐

곡간에서 인심난다 했는데 어쩌나

상처 보듬어 독 채우겠다고

벼잎들 손 흔들어 답하는

논두렁을 걸어갑니다, 가을장마 속으로

갈림길에서

논두렁 풀 깎을 때마다 갈림길에 선다
의도하지 않은 참수 때문이다

예초기 칼날이 가르는 순간
칼날과 칼날 사이를 갈라선다

개구리 팔짝 뛰다 걸려 넘어지면
마음이 아프지만
독사 목이 잘려나가면
무덤덤 해지는 건 왜일까

한쪽은 생의 길
다른 한쪽은 죽음의 길

예리한 칼날의 중심에
갈림길에 서 있는 나

금산사

금산사 마당 한 편에
위성류 나무꽃
거꾸로 매달린 송화 같기도 하고
구미호 꼬리 같기도 하다

비 오는 날, 금산사 목탁 소리
은은하게 산허리 돌아
물안개 되어 하늘로 올라가고
빗물은 저마다 땅속으로 스며들고
부처님 자비로운 마음 담아
높은 곳으로 오른다

미워 마라
노여워 마라
슬퍼하지 마라

물안개 따라가다 보면
모두 다 사그라들 거다

비 오는 날은 꽁치는 날

자귀나무 꽃피는 7월
오뉴월은 가고 여름이 왔습니다
비가 옵니다
하지 작물 거두어들이느라
허리 한번 못 펴본 농부님들
비설거지 단단히 하고
모처럼 푹 쉬세요

근심 걱정 붙들어 매고
아무 생각 말고 편히 쉬세요
비나 와야 공휴일 찾아 먹지
이 비도 때가 되면 그친답니다
비 오는 날은 꽁치는 날

애기 사과

여기저기 꽃망울 터트리는 봄날
반가운 소식 전하는 까치 울음소리

혼기 찬 아들한테
꽃처럼 아름다운 짝을 만나
같이 온다는 소식

쑤시던 아내 허리
신기하게 나았나 보다
집안 대청소하며
콧노래를 부르니 말이다

풋풋한 봄나물 캐어
상큼하게 버무리고
햇김치도 담근다

냉장고 깊숙한 곳에서 꺼낸 생선
전자레인지에서 해동하느라
눈물 흘리는 듯 애처롭다

참기름도 신선하게 바로 짜오니
고소한 냄새
집안 가득 진동한다

나는 시를 쓴다
명지 바람 따라온 꽃향기
며느리 되는 꿈 꾸며

배롱나무 꽃에게

풀무에 달궈진 쇳조각처럼 붉은
이 밤이 지난다 해도 식지 않을
백일동안 뜨겁게 뜨겁게 달아오를 사랑아

얼마나 더 뜨겁게 달구어야 하기에
선홍빛 입술처럼 붉게
장렬하는 삼복더위 속에 피어난 건지

스치기만 하여도 간지럼 타며
수줍어하던 청순가련한 네가
이 밤 겉옷을 훌훌 벗어버린 당당함이라니
넘쳐나는 너의 정열 속으로 들어가 보고 싶다

여름 바다

파도가 갯바위에 올라 외친다
물보라를 일으키는 몸살
해변 백사장 모래 위
새겨졌다 지워진 약속들이 부서진다
수많은 인연과 이별이 섞여
어디론가 멀리 가는 중
물결은 쉴 없이 아파하다
뱃고동 소리에 눕는다
파도는 이별과 인연 사이에
모래성을 무너트려
먼바다로 끌고 가는 중
나 닮은 여름 바다가 밉다

채송화

작지만 야무져
한번 터 잡으면
그 자리 놓치지 않아요

한낮 햇볕에
바랭이 풀은 시들어도
채송화는 생생하게 자라요

아침에 꽃 문 열어
벌 나비와 실컷 놀다
이른 저녁 꽃 문 닫지요

덩칫값도 못하는 것보다
작아도 실속 다 차리는
채송화처럼 당당한 삶 살고 싶어요

고추가 맵다

고추가 매운 건
뜨거운 태양의 열 받아먹어 그런가

한여름의 광기
몇 날 며칠 먹고

푸른 옷
붉은 옷으로 갈아입더니

거꾸로 매달렸던 한 풀어헤치듯
인간의 입속에 불질러 놓고

열만 먹은 고추라
매울 수밖에 없나 보다

코로나 19의 세상살이 열 받기로는
고추보다 더 매운 맛이다

외양간 송사

어미 소가 음매 하며 우는데
어린애가 보채듯
기시감처럼 데자뷰로 다가온다

배가 고파 우는가 싶어
사료 줘도 울고
목마른가 하여 물을 줘도 운다

울다 지치면 그치겠지
붉은빛을 내는 모기 퇴치기
불을 켜주며 잘 자라 하고

다음 날 아침
외양간에 가보니
차갑게 굳어버린 송아지

음매 음매 우는 소리는
구제역백신 접종 이상 반응을 일으켜
송아지가 아프단 말이었는데

주인은 그 말 못 알아듣고
살릴 수 있는 생명을 잃어버렸다

어미 소는 새끼를 살리려고 애원하며
울다 울다 주인마저 돌아간 캄캄한 밤
얼마나 무서웠을까

짐승도 새기 아프면 우는데
자식 떼놓고 돌보지 않는 부모
사람이 짐승만 못하다는 말 이제 알겠다

삼복三伏

삼복이라 해서
재복財福
처복妻福
식복食福 인줄 알고 살았던 나

새소리 물소리 들리는 계곡에서
흐르는 물에 발을 담그고 쉬어나 보자

재복이 아니면 어떤가?
처복하고 식복만 있으면 되는 거지

바빴던 일상 잠시 미루고 여행 떠나고
지친 몸 보양식으로 원기 회복하는 삼복

애써 더위 이기려 들지 말고
잠시 엎드려 지내는 시간 갖자

시원한 바닷가 해변에서
갯바위에 부서지는 물보라처럼

너와 나 응어리진 피로를

산산이 부서져 보자

삼복을 삼복으로 만들기 위해서

풀벌레 소리 정겹다

풀숲에서 들리는 저 소리
마음을 사로잡네
조용한 여름밤
님 생각나게 한다

작은 곤충이지만
정겹게 노래하는 걸 보면
사랑을 노래하는 성악가 같다

창문 열고 소리 나는 곳으로 귀 대며
그 옛날 별을 바라보며 속삭이던 그 날처럼
그대 손 꼭 잡고
에메랄드 빛 고운 하늘 아래서
풀벌레 소리 자장가 삼아 잠들고 싶구나

등나무

혼자는 일어서지 못하는 등나무
남의 등 빌려 일어나야만 하는 기생

바닥에 엎드려 사는 것보다야
잔등 빌려서라도 일어서야 하는 빈대

거저 빌리는 것은 아니다
등 따시게 덮어주면 상생하는 거다

서로 부족함 채워 엄댕겨 살아야 할 일
세상사 별거 있나, 등 따뜻하면 최고지

삼강주막

안면도 가려면 드르니항구를 거쳐야하듯
예천에 가면 삼강 나루터를 건너야 한다
한양을 오 갈 때 들려야만 하는 상강 나루터에
수많은 사연이 쌓인 삼강 주막

나루 건너기 전 면 길 위해 요기 하던 길손들
탁배기 한 사발 마시며
고단한 여정 잠시 쉬었다
길을 재촉 했으리라
목로 담벼락에 그은 작대기 표식은 외상장부
예나 지금이나 민초들이 모이는 곳에는 정이 있었다

유유히 흐르는 내성천 물은 구비구비 흐르는데
다리를 놓아 이제는 나루터에 뱃사공은 옛말이 되어
쓸쓸히 강가에 기대여 있네
콧소리 내며 술다르던 주모 엮시 간곳없고
아이스크림과 막걸리 파전이 어우러진 주막은
외지에서 몰려온 구경 상대로 장사하는 술집으로 변했다

샷도 몽로즈 한 잔보다 정이 있고
진토닉처럼 톡 쏘는 맛이 아닌
정이 감도는 삼강주막 막걸리에 취해
대청마루에 누워 총총 별빛 밤하늘 본다
예성강 삼강나루터에서 오늘 하루 머물고 싶다

하류 인생

가뭄이 들자 말라간 연못

눈치챈 개구리 금덩이로 배 채우고 짐을 쌌네

바닥 드러나자 미꾸라지는 태연하게 땅속으로 들어갔네

피라미만 파닥거리다 결구 말라죽었네

세월 흘러 연못에 물이 찼네

지하에 있던 미꾸라지 기어 나오더니

달아났던 황소개구리도 나와 주인행세 하네

사이에 끼어 눌리고 떨어져 죽어 나가는 피라미만 불쌍하네

눈치 보지 않은 나는 왜 맨날 바닥에서 헤매고 있는 걸까

제**4**부

낀 남자

두멍 물과 수돗물
아궁이와 가스렌지
곤로와 전자렌지
부엌과 주방 사이가 점점 벌어진다
호미는 혼자 밭매고
베틀 소리 자정까지 째깍 째가닥
별 보고 일어나 별 보고 잠들었던 여인은
고무장갑 끼고 설거지하는 걸 보고도 마땅치 않은데
세탁기에 빨래해서 건조기에 말려 나오니
하는 일이 뭐 있나 생각 드는지
애맨 방문을 쾅 닫는다
중간에 낀 남자는 아슬아슬 외줄 타기 삼십 년
앞으로 가면 갈수록 더 힘든 구간이 나타날 텐데
보릿짚 타던 아궁이에서
모락모락 걸어 나온 매운 연기 마시며
남은 인생도 까딱까딱
외줄 타기하는 나는 고부 사이에 낀 남자

고깃감이 된 농우

일거리를 트랙터에 다 빼기고 난 소, 외양간에서 주는
밥이나 먹고 잠이나 자는 상팔자라 했더니 쓴웃음 어둠
속으로 기어들어 간다

일거리 끊긴 소에게 공짜 밥 주는 데는 다 그럴만한
이유가 있는 법 수놈은 살찌워 팔아먹고 암놈은 씨받이
로 키우다 팔아먹는다

장가 한번 못 가보고 죽는 수놈 신세나 입술을 뒤집으
며 이빨 드러내 웃는 신랑 얼굴도 모른 채 새끼 두 세배
낳으면 어느 날 식육점 진열대에 해체된 채 손님을 기
다리다 숯불에 지글지글 구워지는 소리 속에서 때늦은
영가靈駕 연기가 되어 하늘로 걸어가고 있다

일 잘하면 평생 대우받으며 제명까지 살던 소
    문명의 발달로 고기소가 된 것처럼 이 사회 지글지글
구워지는 날 소처럼 영가를 부르는 날 될지 모른다

탈출

자동차 바퀴 속에 갇힌 공기
어떻게 탈출해야 하나
타이어 속에서 곰곰이 생각한다

넓은 초원을 달리던 말이
우리 속에만 갇혀있다고 생각해봐
갇혀보지 않으면 모른다

달리면 체온이 올라 숨이 턱 막힌다
정차하면 그나마 체온이 내려 살 것 같다

그러기를 반복하다 공사장 근처 지날 때
구원의 손길은 나사못이었다

살다 보면 외부의 손길이 필요할 때 있다

소리를 봤다

어느 미술 전시회에서 보았다
귀로 듣던 소리를
소리를 만져보니

목화송이처럼 푹신하고
부드러운 느낌에 먹고 싶은
충동이 느껴졌다

소리는 귀로 들을 수만 있는 게 아니라
만져지기도 하고 보이기도 한다

소리가 눈 속으로 걸어 들어와
'궁상각치우' 리듬을 탄다

닿소리와 홀소리를 합하는 입 모양
오므렸다 벌렸다 하며 살아난다

어느 전시회에서 석고로 만든 소리 봤다

무색무취 코로나 19

세계를 한꺼번에 범유행으로 만든
무색무취란 놈이
부모와 자식 간에
병문안까지 막았다

무시무시한 전염력
어떻게 막아야 할지 몰라
하늘길, 뱃길까지 봉쇄했는데

용케 파고들어 뒤죽박죽된 일상
스스로 가두는 자가격리하며
하루하루 버텨보지만
경험하지 못한 현실 앞에 애만 타들어 간다

어른, 아이 안 가리고
방심한 틈새를 파고드는 무색무취
온 국민 백신 접종 마치는 그날
코리아는 코로나 19 이겨 낼 수 있다

이별가

딱 한 번 이별해야 한다면
저 별과 이별하는게 낫겠다

이승에서 딱 한 번 이별해야 한다면
이 별과 하는 것보다
환한 보름달 보며
저 별과 이별하는게 낫겠다

내 사랑도 변치 않기를

어머니는 된장 독에
장아찌 박는다

간 배기를 기다리는 동안
묵은 맛과 호흡 한다

풋참외 속 파내서 말려 만든
장아찌 맛은 풋사랑 같다

질그릇이 장맛을 결정한다면
노력은 인생 맛을 결정한다

장아찌처럼 사랑도 변치 않게
된장 속에 묻어두련다

한낮의 여유

말매미가 선창하면 쓰름매미 소리를 쓸어 담아 잿간에
버린다

말복은 보따리를 싸더니 더위를 흘리며 슬그머니 산
너머로 물러났다

배롱나무는 활화산 같은 꽃을 여전히 피워 뭇 벌의 사랑
독차지할 때 고추꽃 시샘 한다

웃으며 치열을 자랑하던 옥수수 압력밥솥에서 익는
냄새 안마당으로 나온다

알 낳았다고 자랑하는 암탉 꼬꼬댁꼬꼬댁 수탉 홰를
치며 장하다 칭찬한다

살랑살랑 흔들며 고개 내민 벼 이삭 보고 이제나저제나
기다리던 참새들이 짹짹

흰 구름 낮잠 청하려 누웠는데 찬바람 불더니 잠
깨운다

끝없는 사랑

심지를 품어
하나 되는 촛불처럼

숫쇄를 끼워
하나 되는 맷돌처럼

당신과 나는
사랑으로 하나 된다

사랑은
둘이 하나 되는 것이며

사랑은
포용하는 것이며

사랑은
끝이 없는 것

장작개비

활활 탈 준비하느라
장작 가리는 여러 날 동안
볕 좋은 날에는 볕에
바람 불 땐 바람에
몸을 바싹 말려둔다

바싹 마른 장작개비 활활 잘 탄다

필요하면 언제라도
자신의 몸을 불살라
온기를 나누어주고는
연기처럼 사라지는 장작개비

장작개비처럼 활활 타버린 아버지 보인다

벌 없는 벌집

봄볕 쏟아진 들판 여기저기 투기판이다
쑥대궁 쑥쑥자라 들판을 점령하려 하자
파릇파릇 새싹들 투기를 한다

겨우내 꽁꽁 얼어 죽은 줄 알았는데
상대적 박탈감만 주는 들판의 투기꾼들
봄바람 타고 되살아났다

투기장이 된 밭에는
벌 없는 벌집과
볼모로 심어진 나무
주인 잃은 문패는 풍경처럼 흔들리고있다

열심히 농사짓는 내 논밭은 그대로인데
용케 새싹 투기장만 개발계획이 지정되고 있다
뉴스를 내보내는 앵커의 목소리
종달새 지저귐처럼 내 귓가에 웅웅 거리는 하루
볕 좋을 때 쑥대밭 뿌리 뽑아내야지

돈벌이 수단이 된 다랭이

쌀농사보다 수익이 많이 난다고
다랭이 마다 태양광이 야금야금 점령한다

식량보다 전기를 먹어야 한다며
태양광 발전소를 짓는다

도시에서 사용하는 전기
도시에서 생산해야지

애매한 농지만 잠식해
농민 일자리만 빼앗아
농촌 몰락 앞당긴다

착하디착한 명태가 사는 법

동해 푸른 물결 안방 삼아 노닐던 명태明太는
어인 연유로 사라졌나 가만히 생각해보니
바다 수풀 마구잡이로 베는 바람에
정든 고향 등지며 북으로 북으로
떠밀려 떠나갈 때
죽어라도 다시 고향 찾아오겠다는 말
남겨두고 떠나갔다더니

잊지 않고 찾아온 고향, 스산동부시장 좌판
원산지 표시는 러시아산 이름표 달고
노가리부터 생태, 동태, 코다리, 북어, 황태 죄다 모여
옛 친구 언제 오나 기다리는 눈빛
저마다 다르건만 생태 눈동자 또렷하니 쳐다본다

개성이 뚜렷해 맛도 가지가지다
생태찌개는 시원하고
동태탕은 잡맛 없고
코다리찜 쫄깃해 좋고
제상 오른 북어포 복을 불러오고

황태는 명성에 걸맞게 해장국으로 최고지

산꼭대기 덕장에 매달린 채
밤에는 얼었다
낮에는 녹았다
칼바람에 장작개비처럼 바짝 마른 몸뚱이
방망이로 실컷 두들겨 맞는 게
착하디착한 명태가 사는 법이다

추억이 냉동되다

그가 엄마를 보러 가야겠다고 했다
같이 점심을 먹었다
파김치가 맛있다며 엄마 좀 갖다 드린단다
그러라고 했다
유자 빵이 부드러우니 가져간단다
그러라고 했다
나는 일어나 냉동고를 뒤지기 시작했다
얼마 전 그녀들과 함께 만든 호박떡과 연밥
다식과 쑥개떡이 꽁꽁 얼려져 있었다
아, 그랬구나
우리들의 웃음소리와
주고받은 말들이 거기 정지되어 있었구나
그 속에 묻혀있었구나
전자레인지에 그것들을 데우면
그때의 웃음소리와 말들이 풀어져 나올까
스타카토 리듬으로
퉁겨쳐 나올 것만 같은데 어쩌나
지퍼백에 갇혀있어 다행이다
그의 엄마에게 전달되기까지는 살아있겠지

그래야 한다

날씨가 추워서 다행이다

서산에서 지곡까지 10분이면 도착

풀리지 말고 그대로 냉동고에 보관되길

한꺼번에 우르르 나오지 않게

하나씩 꺼내 전자레인지에 데우시길

그때의 웃음소리와 언어가 한꺼번에 나와

슬픔 미련 아쉬움 따위가 되살아나지 않기를

이렇게 한 줌 얼었던 기억

비우고 나니 잠이 온다

잠, 잠

라면 봉지를 뜯다

겨울의 밤은 더 까맣고 두껍다
걷힐 것 같지 않던 어둠이
새벽을 뚫고 환해지는 소리
생명의 끈이 이어지고 있다
눈 감았을 때의 어둠은 죽음일까
살아 눈이 떠지며 생명을 보게 된다
염증 퍼지듯 따가운 실존
하루는 힘겹게 기지개를 켜는데
새벽의 노동자가 타고 있는 엔진 소리는 너무 크다
쓰레기가 터져 있다
인간이 부풀려 놓은 부유물들
비닐봉지를 뚫고 살고 싶었던 거다
꾹꾹 눌러 꽁꽁 묶으려 했지
흔적을 지우려 검은 봉지에 밀어 넣은 증거들
아무도 눈치채지 못 한다
내가 무엇을 먹었는지
어떻게 살아가는지
고양이 배설물을 왜 변기에 버리는지
하루는 햇반으로

또 하루는 연밥으로 끼니를 때운다
마땅치 않을 땐 냉장고 이곳저곳을 기웃거린다
아, 나는 냉동실을 더 사랑하는 남자
혼자의 생존을 위해 저장하는 곳
쑥개떡이 보인다
호박떡이 보인다
시루떡이 보인다
초록떡 노랑떡 팥떡 흰무리떡
그것들은 내 목구멍으로 꿀떡 넘어가지 못한다
고민은 사람을 비참하게 만들지
먹기 싫은데 선택의 갈림길에서 망설이잖아
포기도 안 되는 현실이라니
눈 뜬 죄로 먹어야 하다니
이미 여명은 머리 위로 지나는데
눈 감을 수도 없고
굶을 수도 없는 기로에서
나는 냉동실 문을 닫는다
국물이 먹고 싶다

시골에는 추석 명절이 없다

한가위 명절은 고향을 찾아가는 게 제맛인데
코로나 19 시국이라 조심스러워 어찌해야 할지 조심조심
부모님 일손 조금이라도 덜어 드리고 싶은데

도시 근로자들은 명절 연휴를 즐기지만
정작 농촌에서는 수확해야지 파종해야지
추석 명절을 여유롭게 보낼 틈이 없다
더구나 가을장마로 일손이 밀려
올해는 더욱 손이 부족하게 생겼다

오손도손 모여 앉아 송편 만들어
천신 먼저 하고
차례를 지내는 풍습은 근근이 맥을 잇는데
이마저 언제 끊어질지 아무도 장담 못 한다

농민에게는 정부 정책도 청신호는 아니다
대목장 보려고 농산물 선물 꾸러미 만들었는데
선물 금액 상한가 설정으로
공산품으로 옮겨가는 상황

농민만 죽어라 죽어라 한다

명절 하면 어린 시절 설빔 입을 생각에 설레고 맛있는
음식 이웃과 나누어 먹던 시절이 그립다 한가위 보름달
뜨면 천막으로 무대 만들어 발전기에 음향기 설치하고
노래자랑 하던 70년대 낭만과 화합이 있었는데 경제발
전이 이루어진 지금 농촌은 휴가도 없고 정은 메말랐으
니 어찌 시골스럽다 하겠나 뭐니 뭐니 해도 명절은 고향
에서 보내는 게 제맛인데 말이다

한해가 지나갑니다

올 한해도 무수한 일들이 일어나고 사라지고 했을 겁니다

무수한 들꽃이 피었다가 지고 숲속에서 무수한 생명들이 생겼다가 없어지고

콩밭에 콩들도 주절주절 열리어서 영글고 논에는 벼들이 익어가며 고개 숙인 가을

하늘에 날아든 철새 떼가 군무를 하고 풍성했던 머리숱이 엷어지는 가을

이제 가을도 가면 텅 빈 들녘에 겨울비 내리며 온기 없는 바람 불어오면 겨울이 오겠지

문지촌 골짜기에 우두커니 서 있는 억겁의 사내는 아직 잠 깰 줄 모르고

하나둘 떠나간 골짜기엔 빈집만이 축쳐진 어깨를 늘어트리고 겨울잠을 잔다!

부성산성 허물어져 갔어도

부성초등학교로 태어나 끈을 이었는데

경로당 신발장만 채우고 부성초등학교 신발장은 비어가니

아! 골짜기가 사라지는구나

亡君 말 역사가 환생하는듯 텅 빈 들녘에 겨울비만
내린다

사막으로 가는 길

사막에 가보지 않은 내가
사막을 이야기할 수 없어 오늘은 사막으로 가련다
질척이지 않는 곳으로 가보고 싶구나
메마른 바람이 부는 곳으로 가보고 싶구나
목마른 대지는 어떤지 두 눈으로 보고 싶구나
진흙탕 싸움을 밥벌이 수단인 양
누가 더할 것도 덜 할 것도 없는 여기 잠시 떠나보고
싶다
모래바람이 앞을 가려 방향을 잃어보면
나도 사막 이야기를 할 수 있지 않겠어
낙타의 멱을 따서 목을 축여 봐야
목마른 이야기를 할 수 있을게 아니냐고
종일 걸어 봤자 모래밭을 벗어나기는 커녕
더 깊은 곳으로 걸어가고 있겠지
방향을 잃어 버리지 않고 살아남는 사막 개미 닮으려
나는 사막으로 가려한다

얼레빗

엉글엉글 해서 얼레빗인가
얼레 걸레 해서 얼레빗인가
새색시 긴머리 곱게 빗던 얼레빗
할머니 쪽진머리 매만지던 얼레빗
엄니 아침밥 하기 전에 몸가짐 하던 얼레빗
세월 따라 흘러간 노래처럼
박물관에서나 만나보는 얼레빗
프라스틱 빗만 찾는 요즘 세상
얼레 걸레 하며 가버린 참빗과 얼레빗
곱게 곱게 빗어 넘기던 얼레가 생각난다
얼레빗 없었다면 누가 얼레 줬을까
얼레가 결을 잡고 참빗으로 단장했던 추억
엉글엉글한 얼레빗 사랑 찾아 떠난다

사랑과 행복을 향한
창의적이고 본질적인 오독

- 천윤식의 시 세계

권 온(문학평론가)

<해설>

사랑과 행복을 향한 창의적이고 본질적인 오독

- 천윤식의 시 세계

권 온

천윤식의 시는 소박하면서도 본질적이다. 그는 다채로운 체험과 경험을 빛나는 언어의 형식으로 형상화한다. 시인의 시는 과거를 기쁜 마음으로 소환하는 동시에 현재의 결정적인 이슈를 놓치지 않는다. 천윤식의 시가 더욱 매력적인 까닭은 말의 운영에 소홀하지 않기 때문이다. 그는 언어의 기능을 적극적으로 활용함으로써 시에 내재하는 놀이로써의 가능성을 환기한다. 9편의 시를 중심으로 시인의 시 세계를 구체적으로 확인해야 할 순간이다.

오늘도 수고 많았어요 하며
땀방울 닦아줄 사람 있다면
당신은 행복한 사람입니다

추운 겨울 언 손을 꼭 잡으며
옷깃을 여며줄 사람 있다면
당신은 행복한 사람입니다

19공탄 난로 위에 팔팔 끓는
보리차 한 잔 마실 수 있다면
당신은 행복한 사람입니다

지치고 힘들 때
힘내란 말 한마디 들을 수 있다면
당신은 행복한 사람입니다

해 질 녘 대숲으로 가는 참새처럼
밤이슬 피할 곳 있다면
당신은 행복한 사람입니다
　　　　　　—「당신은 행복한 사람입니다」 전문

　인간이 추구하는 대표적인 가치 중 하나는 '행복'이다.
천윤식에 따르면 5가지 상황을 갖춘 사람은 "행복한 사
람"이다. 첫째, 수고를 알아주는 누군가가 땀방울을 닦아
줄 수 있다면 "당신"은 행복한 사람이다. 둘째, 추위를 다
독여 주는 누군가가 있다면 당신은 행복한 사람이다. 셋
째, 보리차 한 잔을 즐기며 마실 수 있는 당신은 행복한 사
람이다. 넷째, 힘들고 지친 상황에서 용기를 북돋는 말을
들을 수 있다면 당신은 행복한 사람이다. 다섯째, 어두운
밤에 하루의 피로를 풀고 휴식을 취할 수 있는 곳이 있다
면 당신은 행복한 사람이다.
　시인이 구성한 행복한 사람의 5가지 상황은 크게 2가지
관점으로 구분하여 이해할 수 있다. 하나의 관점은 당신의
외부와 관련된다. 곧 첫째, 둘째, 넷째 상황에서 외부에 위

치한 누군가가 당신에게 격려의 말을 건네거나 힘이 되는 행동 또는 스킨십을 시도한다. 다른 하나의 관점은 당신의 내면과 연결된다. 곧 셋째, 다섯째 상황에서 당신은 작고 소박한 대상이나 상황을 즐길 수 있는 마음의 여유가 있다. 천윤식의 행복론에 공감하는 이들이 적지 않을 것이다. 자신의 내면에서 행복을 받아들일 준비를 하고 동시에 외부의 조력을 얻을 수 있다면 행복에 다가서는 일이 더욱 수월할 수 있다고 믿는다. 우리는 지금 막 나태주의 「행복」과 이문세의 「나는 행복한 사람」을 잇는 새로운 행복 트렌드 천윤식의 「당신은 행복한 사람입니다」에 도착하였다.

너와 나 사이에도
너무 가까우면 덤덤하다
멀리 떨어지면 그리워지듯이

나무와 나무 사이에도
너무 가까우면 호양호양 키만 크고
너무 멀면 가지를 뻗어 맞잡으려 해도
닿지 않아 손을 잡을 수 없어
서로를 위해서라면
적당한 거리가 필요해

너무 가까워 섞이다 보면
내 것 네 것 구분이 안 돼서

상처만 부여잡고 후회할지 몰라

곰팡이 피기 전에 틈새를 만들어

바람이 지나갈 길을 내고 살자

나와 너 사이에도 그런 틈새들 두자

—「적당한 거리를 두자」 전문

시인은 이번 시에서 "거리", "틈새", "길" 등에 주목한
다. 거리나 틈새 또는 길은 "나무와 나무 사이"나 "너와 나
사이"에 꼭 필요한 요건이다. 천윤식은 독자들에게 아무
리 친밀한 관계라고 하여도 "너무 가까우면" 곤란할 수 있
음을, 또 "너무 멀면" 불편할 수 있음을 알려준다. 그는 이
시에서 너무 가깝지도 않고 너무 멀지도 않은 "적당한 거
리"를 추구한다.

시인이 지향하는 적당한 거리는 '나'와 '너'의 관계를 북
돋을 수 있는 틈새이자 길이다. 그것은 '덤덤함'과 '그리
움' 사이의 긴장을 낳거나, 따스한 온기가 남아있는 손을
잡을 수 있도록 돕는다. 우리에게는 때로 '내 것'과 '네 것'
을 구분할 수 있는 용기가 필요하다. 비록 '나'와 '너' 사이
가 가족이어도 또는 연인이어도 이와 같은 구분은 있어야
한다. '나'와 '너'가 분리될 수 있는 최소한의 공간이 마련
되지 않으면 둘 사이에는 "상처"가 자랄 수 있고, "곰팡
이"가 필 수 있다. "나와 너 사이에"는 통풍通風이 있어야
하고, 환기換氣가 있어야 한다. 3연 5행의 "바람이 지나갈
길을 내고 살자"는 사랑하는 이를 배려한 천윤식의 개성

적인 제안이다. 그의 시는 소박하면서도 본질적인 국면을
관통한다는 점에서 유의미하다.

　　해가 지자 금방 냉기가 돌아 낙숫물 굳어져
　　거꾸로 매달리기 시작한다
　　똑바로 서는 게 원칙이라면
　　뒤집혀 살아야 하는 업보는 왜 내게로 온 걸까

　　처마 밑에 매달린 형제들
　　누가 먼저랄 것도 없이
　　이 밤이 새면 애당초 가기로 한
　　길을 가리라 다짐하며 밤을 지새운다

　　기다리던 해가 밝아오고 있었다
　　떠날 준비를 하느라 부산해진 처마 밑
　　헌데, 냉랭한 한파가 더욱 단단하게 묶어둔다
　　거꾸로 매달려 있어야 하는 고드름 신세

　　동네 꼬마가 긴 장대로 처마 밑을 급습한다
　　몸뚱아리는 땅으로 떨어져 산산조각이 나고
　　꼬마는 아쉬운 듯 파편을 발로 차버린다

　　똑바로 서 있다는 게 얼마나 소중한지 알았다
　　꿈틀대는 용 일지라도 거꾸로는 못 오르는 법
　　낙숫물도 거꾸로 살지 말아야 하는 이유다
　　　　　　　　　　　　　　　　－「낙숫물」전문

낙수落水 또는 "낙숫물"은 처마 끝 따위에서 빗물이나 눈 또는 고드름이 녹은 물이 떨어지는 현상 또는 그 결과로 서의 물을 가리킨다. 시인은 여기에서 낙숫물에 집중한다. 낙숫물은 빗물이거나 눈이 녹은 물 또는 고드름이 녹은 물 등을 아우르는데 천윤식은 이 중에서 "고드름"이 녹은 물 에 주목한다.

고드름에는 시간의 흐름과 기온의 하강이 내재한다. 낮 은 밤으로 이동하고 온기는 냉기로 바뀐다. 액체로서의 낙 숫물이 고체로서의 고드름으로 굳어지는 순간은 존재의 양상이 바뀌는 놀라운 시간일 수 있다. 시인은 독특하게도 "거꾸로 매달리기 시작"하는 고드름에서 "뒤집혀 살아야 하는 업보"를 발견한다. 그에게 고드름은 "똑바로 서는", "원칙"을 이탈한 대상이다. 3연 4행의 "거꾸로 매달려 있 어야 하는 고드름 신세"에 이르면 천윤식의 냉소적 관점 이 부각된다.

시인은 "땅으로 떨어져 산산조각이 나"는 고드름의 운 명을 안타까운 시선으로 바라본다. 그는 고드름에서 정 도正道를 벗어난 반역의 몸짓을 보았다. 천윤식은 고드름 에서 "거꾸로는 못 오르는 법"과 "거꾸로 살지 말아야 하 는 이유"를 찾았다. 우리는 그런 까닭에 5연 1행의 "똑바 로 서 있다는 게 얼마나 소중한지 알았다"라는 단언에 담 긴 진심을 되새길 필요가 있을 것이다.

입학은 쉬우나
졸업하기가 하늘의 별 따기보다 어려운 곳
죽어야 졸업할 수 있는 곳

들어갈 때와 나올 때 문은 같아도
졸업장 없이 빈 몸으로 나와야 하는 역
죽음이 졸업 되어 눈물바다 범벅이 되는 길

자의적일까
타의적일까

이승도 아닌
저승도 아닌
현실의 침대에 누워
시간만 삭제한다면 너무 슬프지 않은가

저승 열차표를 끊어 놓고
기약 없는 기차를 기다리는 당신

예약으로 멀어지는 삶의 굴레
예약으로 다가오는 하늘 여행길
먼저 보냅니다, 안녕히 가십시오

이승에 태어나 바람이 있다면
졸업 없는 입학생 되어
아름답게 이별하는 것, 소망이다

— 「요양원 졸업식」 전문

언젠가부터 우리 주변에는 "요양원"이나 '요양병원' 등이 익숙한 이름으로서 위치하기 시작하였다. 요양療養은 휴양하면서 조리하여 병을 치료함을 뜻한다. 시인은 한국 사회에서 증가하는 요양원의 본질을 개성적인 관점에서 파악한다. 그가 보기에 요양원은 '요양'의 의미를 상실한 공간이다. 그곳에서는 휴양하기도 어렵고 조리하기도 힘들며 병을 치료하기에도 버겁다. 천윤식에 따르면 요양원은 "입학은 쉬우나/ 졸업하기가 하늘의 별 따기보다 어려운 곳" 또는 "죽어야 졸업할 수 있는 곳"이다. 지치고 병든 몸과 마음을 다스리고 치료하려고 들어간 그곳은 죽음 인증 이후에야 빠져나올 수 있는 절대적인 교도소가 되어버리는 것이다. 이 얼마나 대단한 아이러니인가?

천윤식은 이번 시에서 대비 구도를 형성하는 일련의 표현들을 제시하였다. "입학"과 "졸업", "들어갈 때"와 "나올 때", "자의적"과 "타의적", "이승"과 "저승", "삶"과 "죽음" 등의 대비적 쌍 또는 짝을 독자들은 어떻게 수용해야 할까? 아마도 우리는 입학은 졸업이고, 들어갈 때는 나올 때이며, 자의적은 타의적임을 인식해야 할 수도 있다. 무엇보다도 시인은 독자들에게 이승과 저승이 하나이고 삶과 죽음이 다르지 않음을 제안하고 있는지도 모르겠다. 아름답게 살다가 편안하게 마무리하는 생生을 꿈꾸는 이들에게 전하는 한 모금 물 같은 시가 여기에 있다.

전봇대에 쓰여 있는 글씨

'소변 금지'

동네 똥개들이 영역 표시하느라

찔끔 싸고 가는 전봇대 옆구리

지린내 가시기도 전에

주막에서 나온 사내

두리번거릴 시간도 없이

찔끔찔끔 영역 표시를 한다

전깃줄에 앉아있는 참새 짹짹

그래봤자 똥개 밖에 더 되나

술 취한 사내는 듣는 둥 마는 둥

주막으로 쏙 들어가 버린다

금지를 金池로 아는지

가려지는 것 같지만 가려지지 않는

오독이 머무르게 되는 경계선
—「소변 금지」 전문

"동네 똥개들이 영역 표시하느라", "전봇대 옆구리"에 오줌 누는 광경을 목격한 적이 있는가? 그 전봇대에는 대개 붉은 글씨로 '소변 금지'라고 쓰여 있기 마련이다. 또한 개들의 오줌 흔적과 지린내가 채 "가시기도 전에", "술 취한 사내"가 붉은 얼굴을 흔들며 전봇대에 "영역 표시를" 남기기도 한다. 개의 오줌과 사내의 오줌이 겹쳐지면서 지린내의 강도는 점점 세지고 전봇대 근처 주택가의 주민들은 신속하게 창문을 닫아야 했을 것이다.

이와 같은 소박하고 친근한 광경 속에서 천윤식은 '금지'라는 표현에 주목한다. 소변 금지에서의 금지는 원래 어떤 행위를 하지 못하도록 함을 뜻하는 금지禁止일 텐데 시인은 이를 금지金池 곧 금빛이 나는 못으로 이해할 수 있음을 암시한다. 동음이의어同音異義語를 활용한 위의 진술은 언어유희의 성격을 지니며 시의 본질에 다가선다. 금지禁止를 금지金池로 읽는 일은 일종의 오독誤讀일 수 있으나 그것은 시에서 허용 가능하다. 어쩌면 단순히 허용되는 수준을 넘어서는 근사한 사건일 수도 있다.

> 고추가 매운 건
> 뜨거운 태양의 열을 받아먹어서 그런가 보다
>
> 한여름의 광기를
> 몇 날 며칠 먹고

푸른 옷을
붉은 옷으로 갈아입더니

거꾸로 매달렸던 한을 풀어헤치듯
인간의 입속 콕콕 쑤시듯

고추를 따다 말리려면
또 열을 몇 날 며칠 먹어야 마른다

열만 먹은 고추라
매울 수밖에 없나 보다

코로나 19의 세상살이 열 받기로
고추보다 더 매운 맛이다
　　　　　　　　　　—「고추가 맵다」 전문

　천윤식이 이번에 집중하는 대상은 "고추"이다. 그가 보
기에 고추에는 "태양의 열"이 있고, "한여름의 광기"가 있
으며, "거꾸로 매달렸던 한"도 있다. 시인은 강하고 진하
며 열렬한 속성을 지닌 요소들이 가득한 고추가 매운 것
은 당연하다고 이야기한다. 우리는 이 지점에서 천윤식의
그럴듯한 고추 해석에 공감할 수 있다. 놀라운 점은 이 시
의 7연에서 발생한다. 지금 우리가 살아가고 있는 "코로나
19의 세상살이"가 고추보다 더 매운 맛이라는 시인의 진
단이 날카롭다. 사람들은 잔뜩 "열 받기" 쉬운 여건에 내
몰려 있는 것이다.

삼복이라 해서
재복財福
처복妻福
식복食福 인줄 알았는데
삼복은 초복, 중복, 말복이라 하는
무더위를 알리는 소서 다음에 오는 절기였던 것이다
쨍쨍 내리쬐는 무더위를 이겨보려 애쓰지 말고
잠시나마 지친 몸을 쉬어가라는 계절의 지침서
새소리 물소리 들리는 계곡에서
흐르는 물에 발을 담그고 쉬어나 보자
재복이 아니면 어떤가?
처복하고 식복만 있으면 되는 거지
뭐니 뭐니 해도 여름철 보양식은 삼계탕이 최고로다

삼복이 좋은 건
작열하는 태양이 있어 좋은 거야
무더운 열기가 있어야 가을이 영글고
바빴던 일상 잠시 미루고 여행을 떠나고
지친 몸 보양식으로 원기를 회복하는 삼복
애써 더위를 이기려 들지 말고
잠시 엎드려 지내는 시간을 가지자
시원한 바닷가 해변에서
갯바위에 부서지는 물보라처럼
너와 나 응어리진 피로를
산산이 부서져 보자
삼복을 삼복으로 만들기 위해서

—「삼복三伏」전문

언어의 속살을 헤집어 보려는 시도가 돋보이는 시로서 앞에서 살핀 「소변 금지」와 유사한 계열을 형성한다. 천윤식은 앞에서 금지禁止와 금지金池를 견주어 보았는데 이번에는 '삼복'을 개성적인 관점에서 재구성한다. 시인은 원래 '삼복'을 삼복三福으로 이해하는데 그가 생각하는 삼복은 재복財福과 처복妻福과 식복食福이다. 천윤식은 주위에서 들려오는 삼복이라는 말이 삼복三福이 아닌 삼복三伏임을 뒤늦게 깨닫는다. 초복初伏, 중복中伏, 말복末伏으로 구성된 삼복三伏은 여름철의 몹시 더운 기간 곧 "무더위를 알리는 소서 다음에 오는 절기"이다. 이 시는 삼복三伏과 삼복三福의 미묘한 엇갈림 또는 겹침을 다룬다.

시인은 "쨍쨍 내리쬐는 무더위" 앞에서 삼복三伏을 "잠시나마 지친 몸을 쉬어가라는 계절의 지침서"로서 수용한다. 흥미로운 것은 이 지점에서 삼복三福이 소환된다는 사실이다. 그는 재복을 욕심내지 않고 처복이나 식복에 만족한다. 특히 "여름철 보양식"으로서의 "삼계탕"의 등장은 삼복三伏과 삼복三福의 절묘한 만남으로 평가할 수 있다. "지친 몸"의 "원기를 회복하는"데 도움을 주는 삼계탕은 식복食福에 해당하기 때문이다. 천윤식은 이 작품에서 "애써 더위를 이기려 들지 말고/ 잠시 엎드려 지내는 시간을 가지자"와 같은 방식을 제안한다. 그것은 자연의 흐름에 순응하는 소탈한 인간의 형상을 구성한다. 우리는 '삼복三伏'을 '삼복三福'으로 치환하는 시인의 태도에서 안분지족安分知足으로서의 삶을 구체화할 수 있다.

어머니는 된장 독에
장아찌를 박는다

간 배기를 기다리는 동안
묵은 맛과 호흡을 한다

풋참외 속 파내서 시들렸다 만든
장아찌 맛은 풋사랑 같다

질그릇이 장맛을 결정한다면
노력은 인생 맛을 결정한다

장아찌처럼 사랑도 변치 않게
된장 속에 묻어두련다

—「변치 않게」 전문

　자녀는 부모를 보면서 자란다. 자녀는 부모에게서 삶을
배우고 세상을 헤쳐 나가는 방법을 익힌다. 천윤식은 이
시에서 "어머니"에 주목한다. 구체적으로는 어머니가 "된
장 독" 또는 "질그릇" 속에 "장아찌를 박는" 행위에 집중
한다. 그녀는 장아찌를 "된장 속에 묻어두"면서 "간 배기
를 기다"렸을 테다. "풋사랑 같"은 "장아찌 맛"이 "묵은
맛"이 될 때까지 어머니는 기다림의 시간을 견뎠을 것이다.
　우리는 이 시를 '어머니'와 '시인'의 대응 구도로서 읽을
수 있다. 어머니는 인생 선배로서 '된장 독' 또는 '질그릇'

이 '장맛'을 좌우함을 보여주었고, 작품에 내재된 화자로서의 시인은 '노력'이 "인생 맛을 결정"함을 제시하였다. 어머니의 '장아찌'는 시인의 '사랑'에 상응한다. 어머니가 장아찌의 숙성을 인내하며 기다렸듯이 시인도 사랑이 넉넉하게 익을 수 있도록 "변치 않게" 기다릴 것임을 독자들은 잘 헤아릴 수 있다.

세계를 한꺼번에 범 유행으로 만든
무색무취란 놈이
부모와 자식 간에
병문안까지 막았다

무시무시한 전염력
어떻게 막아야 할지 몰라
하늘길, 뱃길까지 봉쇄했는데
용케 파고들어
뒤죽박죽된 일상
스스로 가두는
자가격리하며
하루하루 버텨보지만
경험하지 못한 현실 앞에
애만 타들어 간다

내일을 위해 힘내자고
스스로 주문을 외우며

머지않은 봄날을 위해

조금만 더 힘을 모으자

어른, 아이 안 가리고

방심한 틈새를 파고드는

무색무취 이겨 내려면

마스크를 쓰고

거리 두기 실천하여

지금처럼 방역하면

밝은 새날 코앞에 있다

온 국민 백신 접종 마치는 그날

코리아는 코로나 19 이겨낼 수 있다

ㅡ「무색무취」 전문

시의성時宜性 또는 시사성時事性이라는 용어가 있다. 이는 특정한 시대나 사회의 상황이나 사정에 부합하는 성격이나 성질을 가리키는 표현으로서 당대성當代性과도 연결된다. 2020년 이후 우리가 살아가는 세계를 포괄할 수 있는 하나의 용어를 꼽는다면 많은 이들이 주저하지 않고 "코로나 19"를 선택할 것이다. '코로나-19(COVID-19)'에 몰입하고 있는 이 시에는 시의성, 시사성, 당대성이 충만하다.

천윤식은 코로나-19의 속성을 "무색무취"로 규정한다. 빛깔도 없고 냄새도 없는 그것은 "무시무시한 전염력"으로 "세계를 한꺼번에", 코로나-19 "범 유행으로 만"들고 "부모와 자식 간에/ 병문안까지 막았다" 감염병 또는 감염증으로서의 코로나-19는 세계인에게 "뒤죽박죽된 일상"과

"경험하지 못한 현실"을 제공하였다. 무색무취한 코로나-19는 사람들이 "방심한 틈새를 파고드는" 경향이 있다. 시인에 의하면 우리가 "마스크를 쓰고", "거리 두기"를 실천하며, "백신 접종"을 "마치는 그날", "코리아는 코로나 19"를 "이겨낼 수 있다" 그의 바람처럼 대한민국은 언젠가 '위드 코로나(with Corona, 단계적 일상 회복)' 대열에 당당하게 합류할 것이다.

천윤식의 새 시집을 함께 읽었다. 9편의 시를 중심으로 추출한 시인의 시 세계는 다음과 같이 요약할 수 있다. 첫째, 소박하면서도 본질적이다. 곧 그의 시에는 진심이 담겨 있다. 대표적인 예로는 「적당한 거리를 두자」, 「낙숫물」, 「당신은 행복한 사람입니다」 등이 해당한다. 둘째, 과거의 추억과 현재의 이슈를 포괄한다. 대표적인 예로는 「요양원 졸업식」, 「고추가 맵다」, 「변치 않게」, 「무색무취」 등이 해당한다. 셋째, 동음이의어를 활용한 창의적인 오독을 즐긴다. 대표적인 예로는 「소변 금지」, 「삼복三伏」 등이 해당한다.

미국의 소설가 니콜라스 스파크스(Nicholas Sparks)는 "사랑은 바람과 같아서 당신은 그것을 볼 수 없지만 느낄 수 있다.(Love is like the wind, you can't see it but you can feel it.)"라고 이야기하였다. 또한 알베르트 슈바이처(Albert Schweitzer)는 "성공은 행복을 향한 열쇠가 아니다. 행복이 성공을 향한 열쇠이다. 당신이 하는 일을 사랑한다면 당신은 성공할 것이다.(Success is not the key to happiness. Happiness is the key to success. If you love what you are doing, you will be successful.)"라고 언급하였다.

우리는 천윤식의 시를 읽으며 된장 속에 묻어둔 장아찌처럼 변치 않는 사랑을 알게 되었다. 또한 그의 시에서 행복한 사람이 될 수 있는 5가지 상황을 파악하였다. 바람처럼 자연스러운 사랑을 원하는 이가 있다면 시인의 시를 살펴볼 일이다. 그리고 우리에게 주어진 삶을 사랑하다 보면 행복이 찾아올 것이고 성공이라는 이름의 선물도 얻게 될 것이다. 다시 창의적이고 본질적인 오독이 필요한 순간이다.

사막으로 가는 길

사막으로 가는 길